NNW
NNE
NW
NE
WNW
ENE
W
E
WSW
ESE
SW
SE
SSW
S
SSE
눈의 나라

마르가리타의 모험 2

사라진 봄의 여신

구도 노리코 글·그림 김소연 옮김

천개의 바람

마르가리타

해적에게 빼앗긴 조리 도구를 찾으러 나섰다가 뜻밖의 모험을
시작하게 된 요리사 곰이에요. 기발한 생각을 잘하고 용감한 대신,
한번 잠에 빠지면 쉽게 깨어나지 못한다는 약점이 있어요.

마르첼로

언제 어디서나 마르가리타와 함께하는 꿀벌 친구예요.
항상 다정하지만 중요한 순간에는 비장의 무기,
따끔 따끔 벌침을 쏘기도 해요.

시바 아저씨들

봄의 여신을 찾아다니는 시바견, 시바 아저씨들이에요.
말을 시작할 때마다 '멍멍'을 붙이는 버릇이 있지요.
포도주와 포크 댄스를 좋아하는 흥이 많은 아저씨들이랍니다.

숲의 괴물

헤맴의 숲에서 만날 수 있다고 알려진 신비로운 존재예요.
아는 것이 많아서 '현자'라고 불리기도 하지요.
하지만 숲의 괴물의 진짜 정체는 아무도 모른다고 해요.

여기는 눈의 나라.
마르가리타와 마르첼로는 지금,
썰매가 된 카사호를 타고
차가운 바람 속을 달리고 있어요.

"덜덜덜…… 춥네. 따뜻한 스튜라도 먹을까?"

“후아암!”

마르가리타는 스튜를 만드는 내내

하품이 멈추질 않아요.

“자, 다 됐다. 잘 먹겠습니다!”

후우후우, 우물우물.

“아아, 맛있어. 몸이 따뜻해지네.
하지만 너무 졸려서 못 참겠어…….
그래…… 갑자기 추운 나라에 오니까,
겨울잠이 쏟아지는구나…… 음냐 음냐…….”

휘잉.

바람이 점점 강해졌어요.

휘이잉! 고오오!

카사호는 거친 바람에 밀려,
엄청난 속도로 달리기 시작했습니다.
"큰일이야. 점점 길을 벗어나고 있어!
마르가리타…… 앗! 잠든 거야?!"

"일어나, 일어나라고!"

마르첼로가 아무리 흔들어도,

마르가리타는 쿨쿨 잘 뿐,

눈을 뜨지 않아요.

"앗, 큰일났어. 절벽이야!"

절벽은 점점 가까워져 이제 바로 눈앞이에요.
마르첼로는 서둘러 재봉 상자의 가위를 가져다가
밧줄을 두 개 다 싹둑! 싹둑!
잘랐어요.

"멈췄어!"

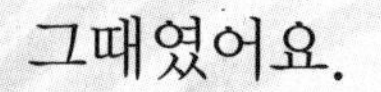

그때였어요.

파아아앗…… 파아아앗…….

"앗, 소라가……!"
해적에게 받은 마르첼로의 하얀 소라 껍데기가
파랗게 빛나기 시작했습니다.

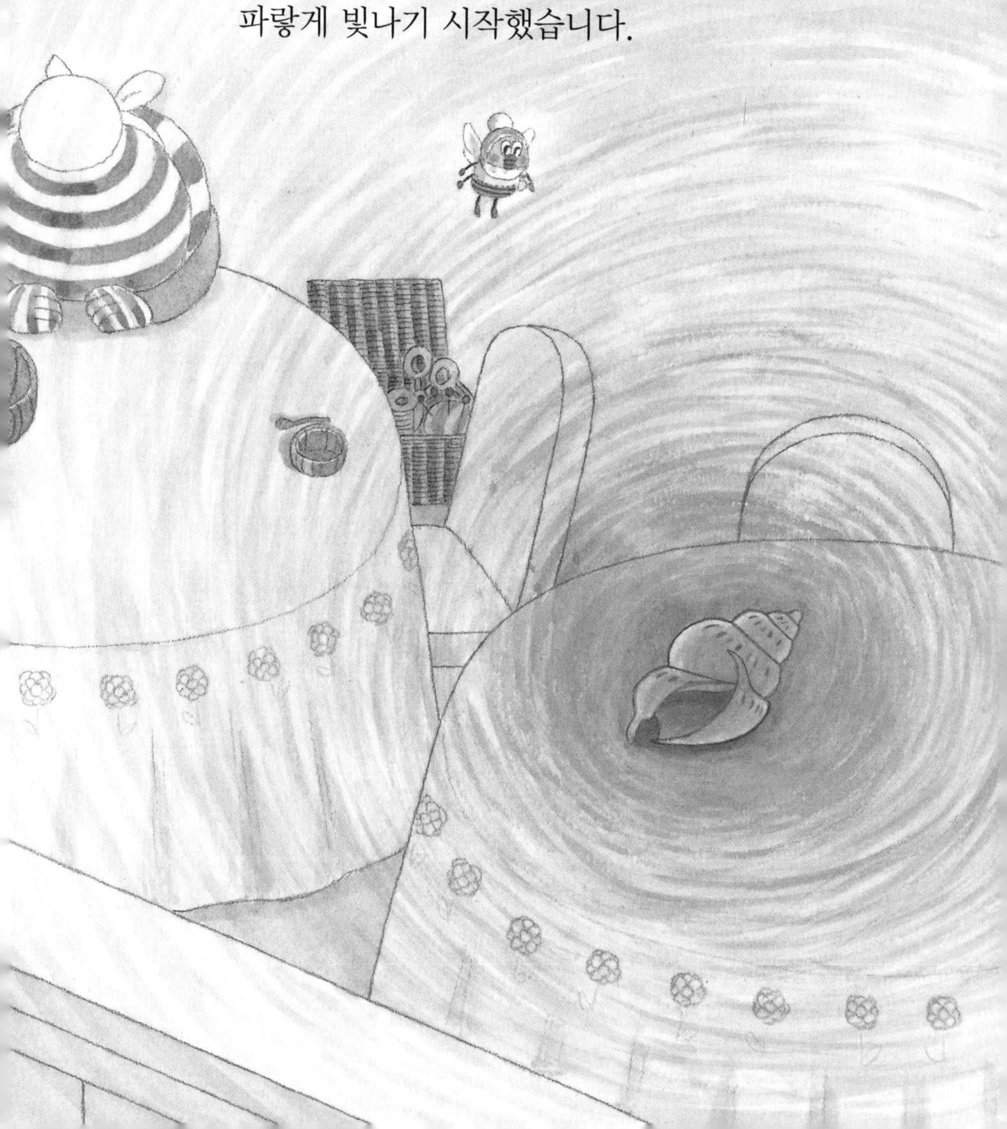

빛은 점점 강해져서
주위를 온통 파랗게 비추었어요.
마르첼로는 깜짝 놀라서 소라를 바라보았어요.
"무슨 소리가 들려……."

그때였어요.

딸랑 딸랑 딸랑 딸랑 딸랑…….

마르첼로는 소리가 나는 쪽으로
서둘러 가 보았어요.
“뭔가 이쪽으로 오고 있어……!”

딸랑 딸랑 딸랑 딸랑…….

“멍멍! 파란빛이 보이기에 이상해서
왔는데…….
이런 곳에서 뭐 하는 거야? 괜찮아?”
시바 아저씨들이 다가와
마르첼로에게 물었어요.

잠시 후, 바람이 그치고 하늘이 맑아졌어요.
소라는 더 이상 빛나지 않고 잠잠하네요.
"여기는 위험해. 안전한 곳으로 가자.
아아……
그런데 배가 고파서 힘이 안 나네."
"여러분, 도와줘서 고마워요.
답례로 따뜻한 스튜를 드릴게요."

"후우후우,

이렇게 맛있는 스튜는 처음이야!

아아, 살 것 같다.

스튜는 이 곰 아가씨가 만든 거야?"

"네, 사실은……."

마르첼로는 시바 아저씨들에게 지금까지 겪은

모험 이야기를 해 주었습니다.

"고생 많았구나.

우리는 봄의 여신을 찾는 중이야."

"봄의 여신이요?"

"응. 사실 여기도 벌써 봄이 왔어야 하거든.
그런데 올해는 어찌된 일인지,
아무리 기다려도 계속 한겨울이라서
모두들 곤란한 상황이야.
그래서 우리가 마을을 대표해서
여신님을 찾으러 가기로 했지."
"봄의 여신은 어디에 있는데요?"
"오래된 전설에 따르면 우선,
무서운 괴물이 산다는 숲인
'헤맴의 숲'을 지나야 해.

그런데 이게 아주 이상한 숲이야.

숲이 언제, 어디에 나타날지 아무도 모르거든.

그래서 숲이 나타날 때까지

계속 찾아다닐 수밖에 없는데……

마을을 떠난 지 오늘로 나흘째.

가져온 빵도 다 먹어 버리고,

배가 고파서 곤란하던 참이었어."

“카사호에 먹을 게 있어요. 그걸 드릴게요.”

마르첼로가 말했어요. 그리고 덧붙였지요.

“그런데, 우리도 아저씨들과 함께 가면 안 될까요?

해적들이 알려 준 강으로 가는 길도

이제 잘 모르겠어요.

게다가 봄이 오지 않으면

마르가리타는 계속 잠만 잘 거예요.”

“먹을 거라니, 그거 고맙군!

물론 함께 가도 괜찮지.

우선 곰 아가씨를 따뜻한 이불에 눕혀야겠다.”

시바 아저씨들은
마르가리타가 눈을 맞지 않도록
멋진 지붕을 만들어 주었어요.
"이런, 또 눈이 내리기 시작했어.
서두르는 게 좋겠는데……."

"꽉 잡아, 마르첼로.
자, 그럼 출발!"

멍멍멍!

딸랑 딸랑 딸랑 딸랑…….

얼마나 달렸을까요.
주위는 온통 새하얘서
아무것도 보이지 않아요.

"멍멍, 뭔가 이상해."

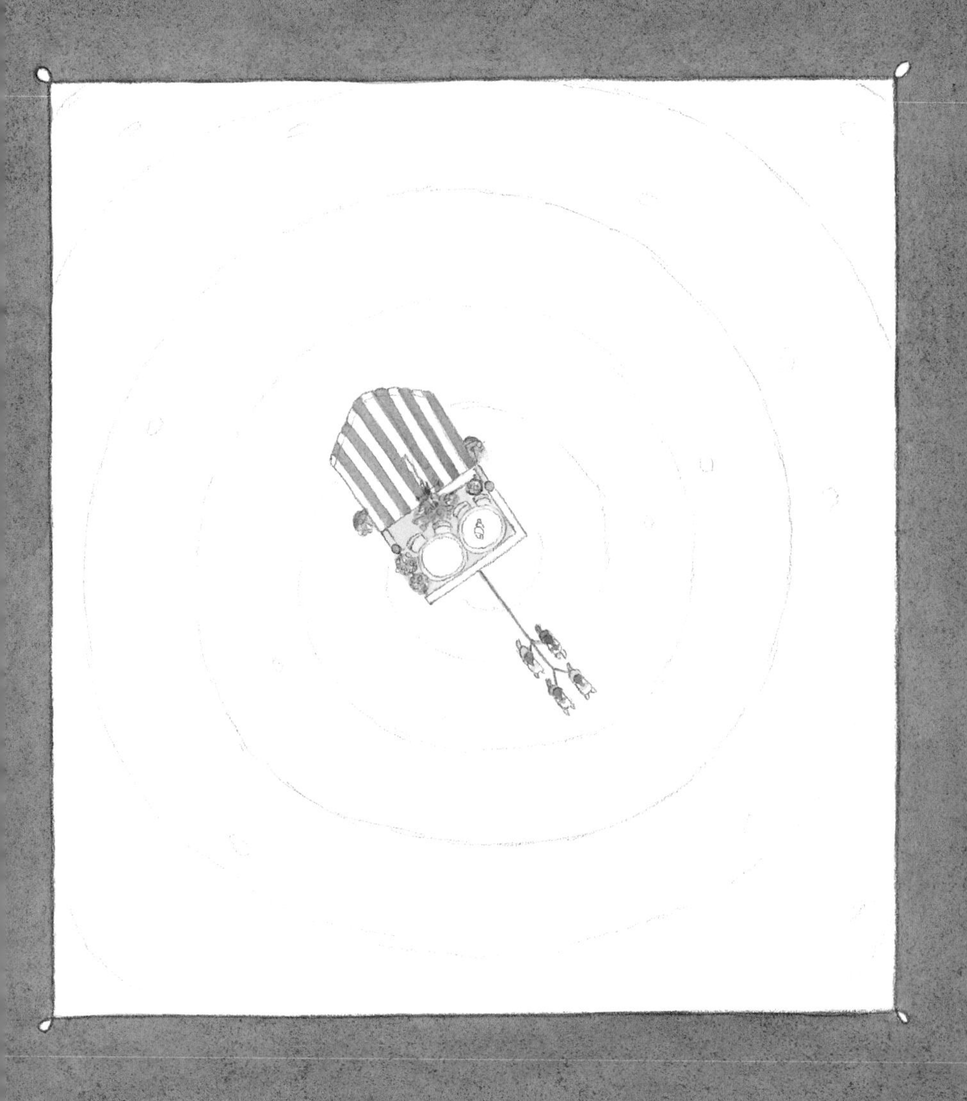

“아까부터 계속 같은 곳을
빙글빙글 도는 것 같아.”
“응? 저기 뭔가 있는데…….”

“앗! 여기가 헤맴의 숲인가?”

마르첼로와 시바 아저씨들은
걷고 또 걸었어요.
싸늘하고 조용한 숲이
끝없이 이어집니다.
“아아, 힘들어.
좀 쉬었다 가자.”
“으으, 추워.
이럴 때는 포도주가 최고지.”

"얼마 안 남은

소중한 포도주야.

다들 한 잔씩만 마시고 참자고."

"응, 그러자."

"여러분, 포도주에 잘 어울리는 치즈는 어떠세요?"

"오, 좋은데!"

"아, 맛있다.
몸이 따끈따끈해졌어."
피리를 잘 부는 마르첼로가
명랑한 곡을 연주하자
모두들 즐거워졌어요.
"춤추자, 춤추자,
포크 댄스를 추자!"

그때였어요.

파아아앗…… 파아아앗…….

또다시 소라가 파랗게 빛나기 시작했어요.
그리고 동시에,

퍼덕 퍼덕 퍼덕 퍼덕…….

“뭐지? 이 소리는…….”
“괴, 괴물이다! 이쪽으로 온다!”

퍼덕 퍼덕 퍼덕.

“으으으으으…….”

“큰일 났어, 마르가리타!
어서 일어나!
괴물이 오고 있어!”
“으음……
이제 배불러…… 음냐 음냐.”

“이런, 이런, 꿀벌아.
무서워하지 않아도 된다.”

"앗! 할아버지는…… 괴물인가요?"

"호오, 호오. 그럴지도.
푸른빛이 보여서 와 보았지.
이건 달빛의 소라로군.
정말 귀한 거야……."

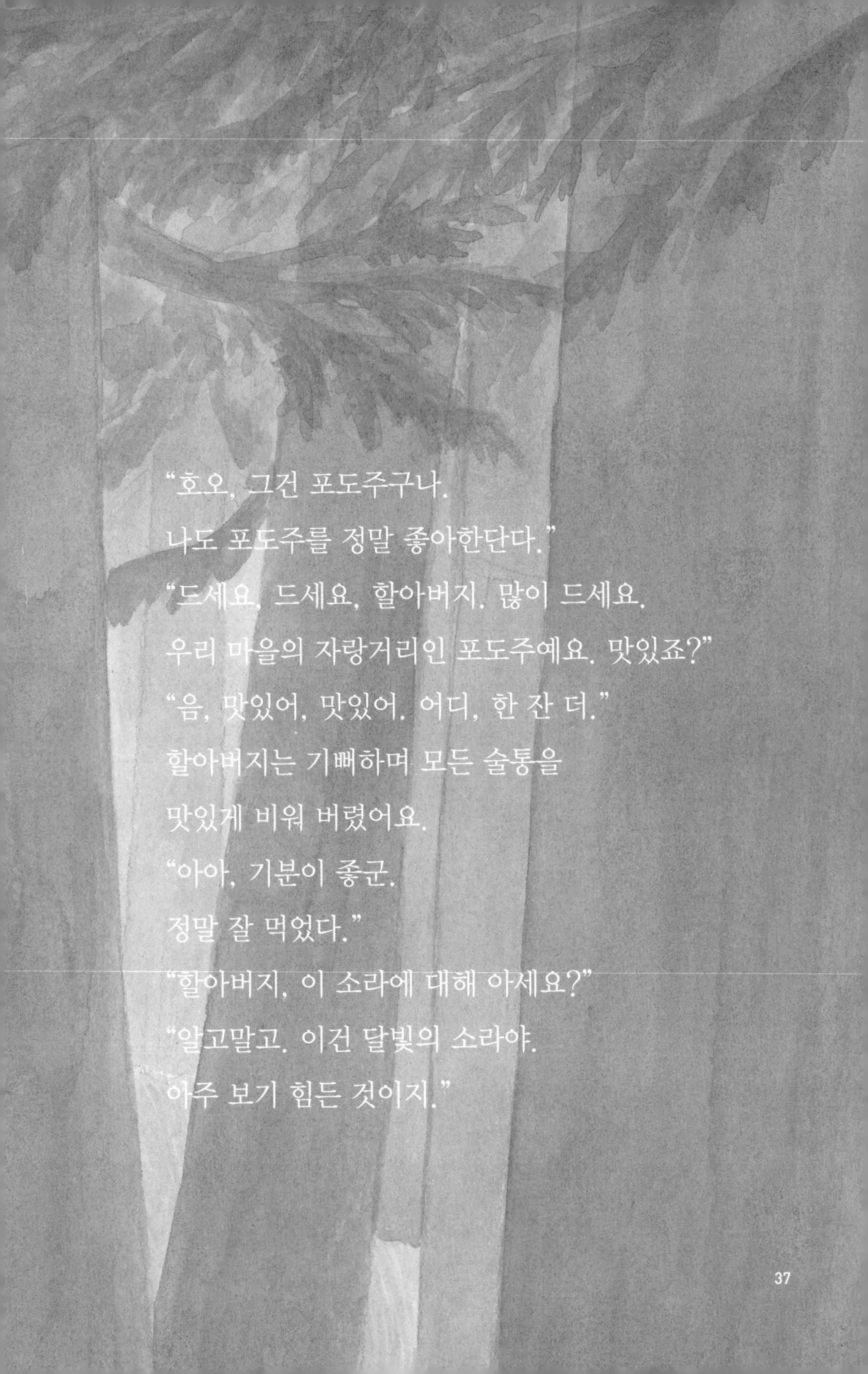

"호오, 그건 포도주구나.
나도 포도주를 정말 좋아한단다."
"드세요, 드세요, 할아버지. 많이 드세요.
우리 마을의 자랑거리인 포도주예요. 맛있죠?"
"음, 맛있어, 맛있어. 어디, 한 잔 더."
할아버지는 기뻐하며 모든 술통을
맛있게 비워 버렸어요.
"아아, 기분이 좋군.
정말 잘 먹었다."
"할아버지, 이 소라에 대해 아세요?"
"알고말고. 이건 달빛의 소라야.
아주 보기 힘든 것이지."

“보통 달빛의 소라는 바다 밑 깊은 곳에서
조용히 달빛을 모으며 잠들어 있어.
하지만 육지로 올라오면 주인이 위험할 때,
껍질에 깃든 빛을 내뿜으며 주인을 구한단다.”

할아버지는 마르첼로를 보며 말했어요.

"이건 해적이 준 선물이로구나."

"앗, 어떻게 아세요?"

"호오, 호오, 나는 뭐든지 알고 있지.

너희들이 봄의 여신을 찾아 헤매고 있다는 것도 말이야."

"앗!"

"따라오렴.

포도주에 대한 답례로 내가 안내하마."

곧 할아버지의 몸이 하얗게 빛나기 시작했어요.

"앗! 할아버지는…… 역시 괴물인가요?"

“괴물이라고 부르는 자도 있고,
현자라고 부르는 자도 있지. 호오, 호오.
가자. 이쪽이야.”

퍼덕 퍼덕 퍼덕 퍼덕…….

"숲은 여기서 끝이란다.
이제부터는 별의 길을 따라가면 돼."
할아버지는 그렇게 말하더니
스윽 사라졌어요.
"별의 길이 뭐지……? 앗!"

"이거구나! 오로라야!
저쪽으로 똑바로 뻗어 있어."
시바 아저씨들은 별의 길을 따라 달려갔어요.

딸랑 딸랑 딸랑 딸랑…….

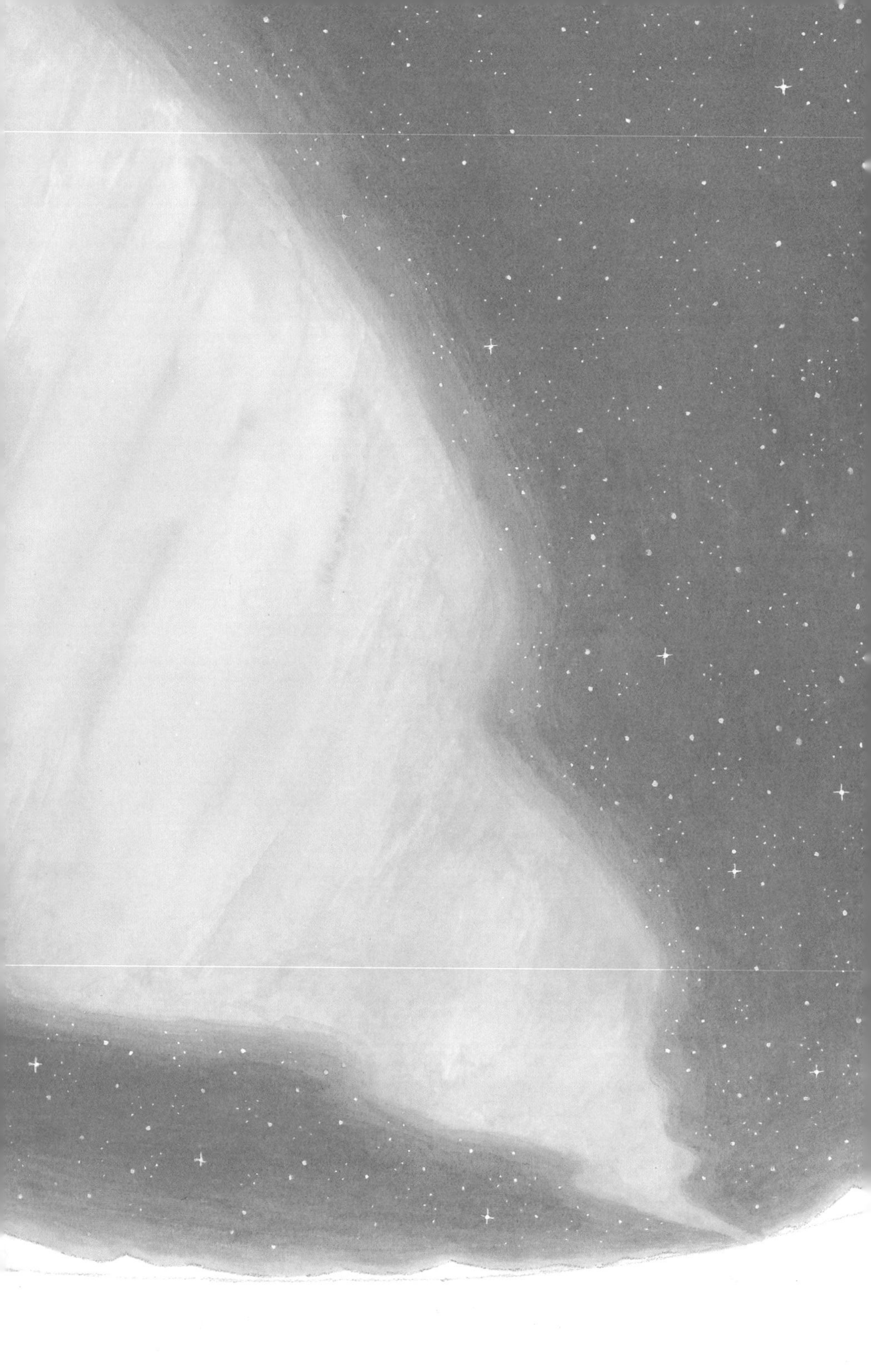

슈욱.

반짝 반짝 반짝…….

"저 나무를 봐……."

나무를 둘러싼 초록빛이

조용한 소리를 내면서

신기루처럼 피어오르고 있어요.

"저 안에 여신님이 있는 걸까?"

"안녕하세요. 누구 없나요?"
훌쩍…… 훌쩍…….
"무슨 소리가 들려."

훌쩍…… 훌쩍…….

"어두워서 잘 안 보이네."

"저기 뭐가 있는데…… 앗!"

"곰이다……!

같은 곰인데 마르가리타와는

전혀 다르잖아?"

"와앙, 와앙!"

마르첼로가 우는 아기 곰들에게 다가가자,

아기들의 배에서 꼬르륵 꼬르륵 소리가 났어요.

“배가 고픈가 봐. 엄마를 깨워야 해.”

하지만 아저씨들이 아무리 짖어도 엄마는 꼼짝하지 않아요.

“그럼, 내 침으로…….”

따끔.

번쩍!

후아아아암——— !

"금색으로 빛나기 시작했어!
앗, 아기들도……."

“순식간에 봄이 왔어!”

"후아암."

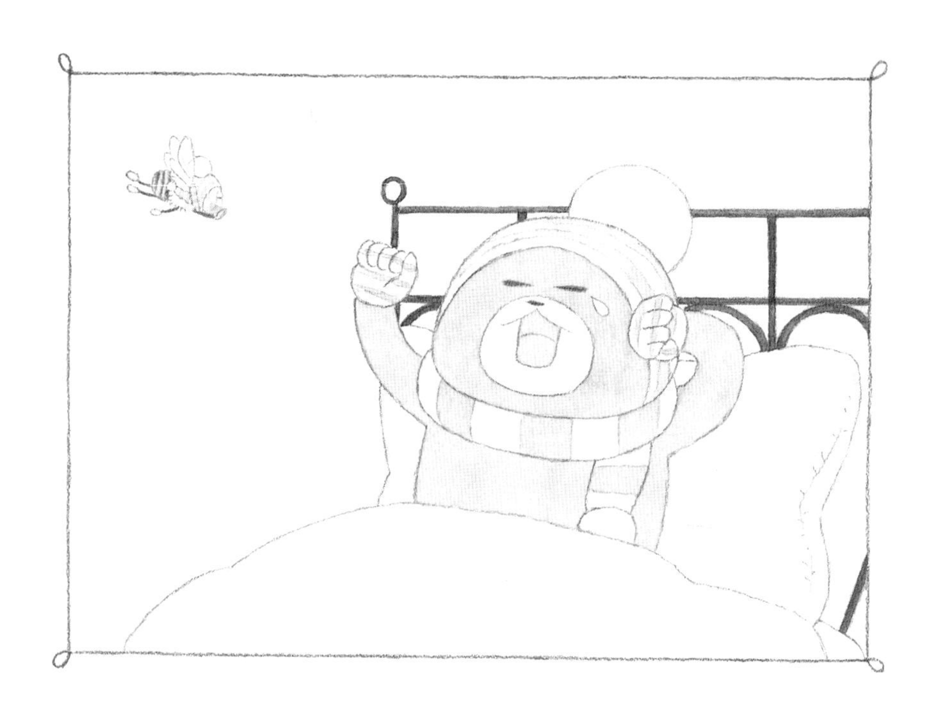

"일어났구나, 마르가리타!

안녕, 안녕!"

"안녕, 마르첼로! 그런데 여기는 어디야?

따뜻한 바람……

꽃 냄새……

그렇구나, 봄이 왔구나!"

"봄이다! 봄이 왔어!"

시바 아저씨들은 매우 기뻐하며 풀밭 위를 굴렀어요.

이윽고 마르첼로가 마르가리타를 데려왔어요.

"여러분, 소개할게요.

제 친구 마르가리타예요!"

그때, 머리 위에서

하프 소리 같이 맑은 목소리가 들려왔어요.

“내 이름은 프리마베라,

봄의 여신이라고도 하죠.

올겨울에는 아기를 낳느라 완전히 지쳐서

평소보다 더 많이 자고 말았어요.

깨워 줘서 고마워요.”

"아아, 많이 잤더니 배가 고파."
마르가리타가 말했어요.
마르첼로도 맞장구쳤지요.
"그러고 보니 정말 배고프다."
"그럼 지금부터 맛있는 아침밥을 만들자!"

시바 아저씨들은 먹을 수 있는 봄풀이나 꽃을
많이 구해 왔어요.

마르가리타는 산딸기를 땄지요.
마르첼로는 꽃들 사이를 날아다니며
신선한 벌꿀을 가득 모았고요.

자, 멋진 아침밥이 완성되었어요.

달걀 샌드위치와 봄 샐러드, 벌꿀과 레몬으로 만든 주스,

산딸기 잼, 그리고 커다란 산딸기 타르트까지!

"건배, 새로운 봄을 위해!"

봄의 여신이 말했어요.

“이 샘물을 따라가면 큰 강이 나와요.

이 유모차의 바퀴를 써서 가세요.

그리고 저를 깨워 준 마르첼로,

당신에게는 이 마법 호두를 드릴게요.”

"안녕히 계세요, 여신님.
정말 고마워요.
아기들도 안녕!"

잠시 가다가 돌아보니,

“앗!”

그곳에는 여신도

아기들도

커다란 나무도 없었어요.

작은 샘이 퐁퐁

솟아오를 뿐이었지요.

물길을 따라 계속 걷다 보니
시내는 어느새 큰 강이 되었어요.
썰매와 바퀴를 떼어 내고 카사호를 물 위에 띄우자,
드디어 헤어질 때가 됐어요.
"마르첼로, 너와의 우정은 절대 잊지 않을 거야."
"저도 잊지 못할 거예요. 항상 건강하세요."

“안녕,

다시 만날 날까지 안녕!”

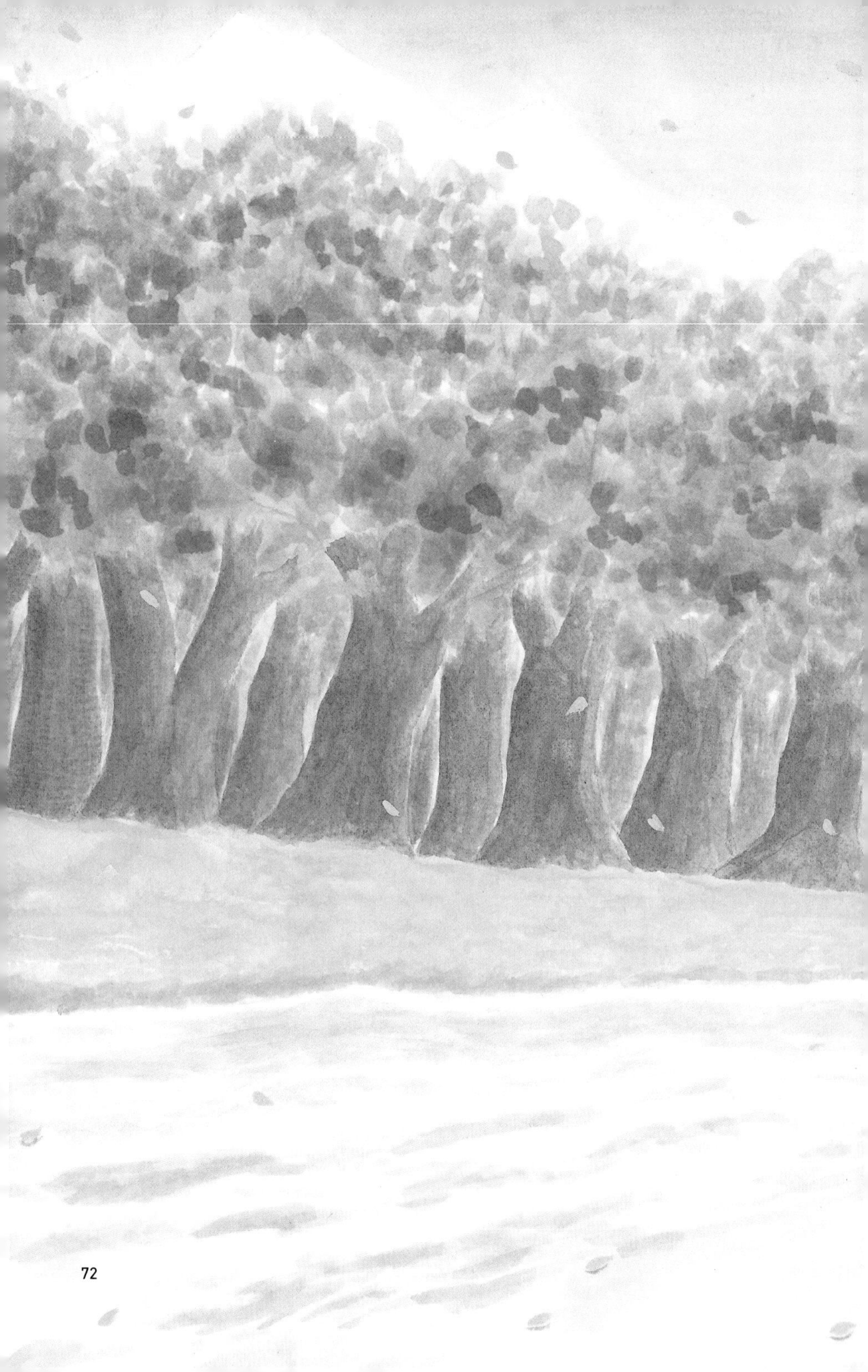

부드러운 봄 햇살이 비추고,
배로 돌아간 카사호가
조용히 강 위를 흘러갑니다.
앞으로 어떤 모험이
마르가리타와 마르첼로를
기다리고 있을까요?
그 이야기는 다음에 다시…….

글·그림 **구도 노리코**

1970년 가나가와현에서 태어났습니다.
여자미술대학 단기대학부 졸업 후, 귀엽고 개성 넘치는 캐릭터들의
아기자기한 이야기를 그리는 그림책 작가로 활약 중입니다.
쓰고 그린 책으로는 〈우당탕탕 야옹이〉 시리즈, 〈삐악 삐악〉 시리즈,
〈펭귄 남매랑 함께 타요!〉 시리즈 들이 있습니다.

옮긴이 **김소연**

일본 문학 전문 출판기획자 및 번역가로 활동하고 있습니다.
옮긴 책으로 〈엄마가 미운 밤〉, 〈그 소문 들었어?〉,
〈졸려 졸려 크리스마스〉, 〈숲속의 곤충 씨름〉 들이 있습니다.

마르가리타의 모험

마르가리타의 모험 1 수상한 해적선의 등장

바닷가에서 레스토랑을 하는
곰 마르가리타와 꿀벌 마르첼로.
둘은 어느 날 나타난 해적들에게
조리 도구를 몽땅 빼앗겨요.
요리를 할 수 없게 된 두 친구는 레스토랑을
멋진 배로 바꾸어 해적선을 찾는 모험을 시작합니다.
마르가리타와 마르첼로는 빼앗긴 조리 도구를
되찾을 수 있을까요?

마르가리타의 모험 2 사라진 봄의 여신

해적선에서 내려 눈의 나라에 도착한
곰 마르가리타와 꿀벌 마르첼로.
차가운 겨울바람 때문에 마르가리타가
쿨쿨 겨울잠에 빠지고 말았어요.
마르가리타를 깨울 방법은 봄을 불러올
봄의 여신을 찾는 것뿐.
마르첼로는 수수께끼투성이 헤맴의 숲을 지나
봄의 여신을 찾을 수 있을까요?

마르가리타의 모험 3 기묘한 마법 사탕

눈의 나라를 지나 집으로 향하는
곰 마르가리타와 꿀벌 마르첼로.
그런데 갑자기 봄의 여신에게서 받은
마법 호두가 열리더니
신비한 사탕이 튀어나왔어요.
데굴 데굴 데굴 꿀꺽.
용기를 내어 사탕을 삼킨 마르가리타에게
어떤 깜짝 놀랄 일이 일어날까요?

마르가리타의 모험 2 **사라진 봄의 여신**

펴낸날 개정판 1쇄 2024년 11월 25일

글·그림 구도 노리코 | **옮김** 김소연
편집 김다현 | **디자인** 김윤희 | **홍보마케팅** 이귀애 이민정 | **관리** 최지은 강민정
펴낸이 최진 | **펴낸곳** 천개의바람 | **등록** 제406-2011-000013호
주소 서울시 영등포구 양평로 157, 1406호
전화 02-6953-5243(영업), 070-4837-0995(편집) | **팩스** 031-622-9413
ISBN 979-11-6573-555-5, 979-11-6573-553-1(세트) 74830

· 이 도서의 국립중앙도서관 출판시도서목록(CIP)은 서지정보유통지원시스템 홈페이지(http://seoji.nl.go.kr)와
국가자료공동목록시스템(http://www.nl.go.kr/kolisnet)에서 이용하실 수 있습니다.(CIP 제어번호: CIP 2019013639)

NNW
NNE
NW
NE
WNW
ENE
W
E
WSW
ESE
SW
SE
SSW
S
SSE
?
헤맴의 숲
눈의 나라
봄의 샘
RIVER